INITIEZ LE PEUPLE

A

SA SOUVERAINETÉ !

INITIEZ LE PEUPLE

A

SA SOUVERAINETÉ !

ANGERS,

IMPRIMERIE DE COSNIER ET LACHÈSE.

—

1849

A MONSIEUR DE LAMARTINE.

Monsieur ,

Le premier et le plus généreux organe de la liberté républicaine, — l'héroïque défenseur du drapeau de la France, — l'homme dont le nom inséparable, dans l'histoire, de cette République qui lui doit ses plus glorieuses sympathies, ne peut point savoir tous les cœurs libres qui se sont ouverts à lui dans le silence.

Le plus humble de tous, mais non pas le moins libre, sera peut-être le plus heureux, car sa respectueuse sympathie vous parviendra, non sans quelqu'ombre de justice, dans une pensée dont il vous doit l'inspiration.

Son hommage n'attend rien de la publicité à laquelle l'honnête ne suffit point sans l'utile; le prix qu'il aura, libre, ignoré, sincère est de vous porter la preuve de la sollicitude qui s'attache à l'œuvre d'avenir et de liberté que vous avez annoncée au monde.

Je suis avec respect, etc.

3 décembre 1848.

M. de Lamartine à l'Auteur.

19 décembre 1848.

Monsieur ,

J'ai lu avec un intérêt et une sympathie d'idées presque constante le manuscrit que vous avez bien voulu me
communiquer. Je vous remercie d'avoir attaché mon nom
à ce commentaire à la fois si élevé et si simple de l'idée
républicaine. Il mérite de justifier son titre et d'être pour
le peuple, l'initiation morale de sa souveraineté nouvelle.
Si vous le publiez, comme je l'espère, je souhaite à ce
petit livre la popularité d'une bonne pensée et d'une bonne
action, et ce vœu est plutôt encore le vœu de mon pa-
triotisme que celui de ma reconnaissance.

INITIEZ LE PEUPLE

A

SA SOUVERAINETÉ !

LA VÉRITÉ, PUIS LA NÉCESSITÉ.

I.

PENSÉE GÉNÉRALE.

Populations nombreuses, vivaces, ardentes à l'œuvre ! qui pressées sur le sol de la Liberté, montrez avec un juste orgueil, la puissance de tous, due à l'humble travail, à la modeste industrie, ou à la noble intelligence de chacun ! Faibles individualités de la grande collection sociale ! Sujets, hier; citoyens, aujourd'hui !

La société n'a été pour vous, jusqu'à présent, que l'agrégation... fortuite.

Immense et docile troupeau, sans initiative, sans spontanéité, sans résistance; poussé dans tous les siècles et dans tous les sens, par le flot des révolutions; obéissant à des causes extérieures, toujours; à vous-mêmes, jamais; telle est votre histoire; vous la savez; c'est, au surplus, celle de tous les peuples plus ou moins civilisés.

L'on vous a dit, à certain jour : Gouvernez-vous, pour vous, par vous ! Soyez libres ! Soyez républicains ! Soyez enfin vos maîtres !

Soyez-le, en effet, s'il est possible ! La Liberté vous est tombée du ciel ; ils n'ont su l'arrêter au passage, ils n'ont pu l'écraser à sa chute ; saisissez-la d'une main vigoureuse et jalouse, ils vous la reprendraient ! !

Depuis longtemps une grande vérité planait au-dessus de cette société attentive ; l'on vous disait à tous et chacun, que nous sommes enfants d'une même famille, — membres actifs et intelligents d'un même corps ; — que toute association ne vit forte et prospère que par le concours libre, éclairé de toutes ses forces individuelles.

Ce principe de toute société était partout, excepté dans la vôtre.

Dieu aidant ! ils vous ont ont remis vos destinées, ne sachant plus qu'en faire, et brûlant, comme on dit, leurs vaisseaux, ils vous ont mis à l'œuvre.

Alors, s'est inscrite la plus grande page de l'histoire de la civilisation ; cette société sans guide, a senti, a pensé, a agi comme un seul homme ; et de même que la corruption naguère l'avait en vain tentée, l'anarchie, peu après, l'a traîtreusement, mais vainement attaquée ; — elle a voulu ses lois et ses mœurs, chaque jour elle les sauve du naufrage ; sans aucun doute, elle est digne de sa souveraineté.

Mais, en est-elle capable ? C'est la question que je lui propose ?

Nous savons bien, hélas ! et c'est notre souci, que vous n'avez qu'une foi soupçonneuse et timide dans ce large attribut de la puissance qui vient se poser, tout à coup, au milieu des indigents et des faibles ; votre main défiante le retournera dans tous les sens avant de le saisir.

Mais enfin, si pourtant, la nécessité des temps, cette reine des hommes et des choses, l'apporte, lui dénierez-vous crédit, jusqu'à lui refuser tout examen ? Etudions-le, croyez-moi ! Nul, si petit qu'il soit, n'ignore que les formes sociales n'échappent pas à la mobilité universelle.—Serait-ce donc un si grand miracle qu'une combinaison d'éléments intelligents pût concentrer à son profit ses forces individuelles ? Eh ! bon Dieu ! qu'a fait de plus le Pouvoir jusqu'à présent, si ce n'est de les centraliser un peu trop pour lui-même ? Et pourquoi ne feriez-vous pour vous, ce qu'il faisait pour lui ?

Au reste, si vous n'avez pas encore la foi de votre souveraineté, vous en avez du moins l'instinct, car vous n'en avez pas si mal exercé le premier acte, sans préjuger le second qui se prépare (1).

____

(1) L'élection du 10 décembre.

Prenons, donc, la République au sérieux, ne lui dénions pas sans y voir, les destinées qu'elle a commencées au milieu des sympathies du monde civilisé.

Nous, peuple souverain! citoyens libres par qui, disent-ils, le Pouvoir commence; nous qui, pour nous, faisons la loi; ayons la conscience politique de nous-mêmes! Palpons nos droits; apprenons la science du citoyen! — N'ayez pas peur! — Si elle est vraie, elle sera simple, car la société, c'est-à-dire, la création la plus magnifiquement intelligente de la divine intelligence, doit participer à la simplicité de ses œuvres.

Saisissons d'abord son caractère essentiel et primitif, pour traverser rapidement après, ses larges organes.

II.

LA SOCIÉTÉ PRIMORDIALE.

La société est l'*état* et non le *fait* de l'homme.

Elle *est*, mais elle ne se fait ni ne se défait. — Sa forme s'altère, mais sa substance résiste; — même sous le joug de la conquête ou du despotisme, elle est société..... subjuguée, mais c'est tout.

Ne cherchez donc jamais l'origine des sociétés; si loin que vous les prissiez, vous les trouverez toujours toutes faites; et d'où vient? C'est que la société est dans la nature de l'homme; c'est qu'il a été fait pour elle. — Voyez-le plutôt.

Est-ce que la débilité de son enfance et de sa vieillesse, la faiblesse de sa maturité, le sentiment de sa dépendance et de sa misère, ne le poussent pas fatalement à la société, d'abord, par l'union des sexes, puis, par la tendresse protectrice qu'il porte à ses enfants? — Et ne voilà-t-il pas la société de la famille?

Et la famille; — la famille, où, considérée seule, l'homme n'échapperait à la solitude que par l'isolement, et à la faiblesse que par l'impuissance; est-ce que les inspirations communes des communs besoins, la nécessité de la défense, la proximité de l'assistance; les sympathies de nature, les analogies de misères, les conseils de bien-être, ne poussent pas la famille à la famille, et ne voilà-t-il pas la vraie, la forte, l'indestructible — société.

Et cependant, un homme que l'on serait tenté de croire plus étranger encore à l'état civil qu'à la société, a dit à la France étonnée, que la famille n'est qu'un mot !

III.

LE SOL.

Il a bien dit aussi que la propriété n'est qu'un vol, dont sans doute il n'est pas coupable.

Ce n'est pas le cultivateur honnête et laborieux que ces énormités séduisent.

L'homme que la providence de Dieu appelle à féconder la terre est éminemment social. Il comprend la propriété d'autant plus qu'elle lui coûte; sa force à lui, n'est pas son orgueil, mais son moyen. La loi commune du travail le fixe à la terre, il l'accepte résolument et ne croit pas l'accomplir dans les agitations du désordre; il lui faut vivre lui et les siens, au moins l'année; de là, la prévoyance, l'ordre, l'économie, dont les fruits..... ne seraient pas sa propriété !!

Et lorsqu'à force de labeurs et de privations, cet homme aura rassemblé quelques ressources pour les maladies et la vieillesse, pour l'enfance et l'avenir des siens, vous espérez lui persuader qu'il se trouvera un meilleur ou plus légitime propriétaire que lui-même !

Certes, nous croyons avoir une haute idée de la Li

berté républicaine, mais elle serait fallacieuse et payée plus qu'elle ne vaut si, pour premier sacrifice, elle nous demandait celui de la propriété; nous l'espérons à moindre prix.

La société plus particulièrement territoriale, vit manifestement par la famille, puis par la propriété.

Vous donc qui par la famille peuplez la France, qui par la propriété possédez la France, qui par vos travaux nourrissez la France; vous êtes la France, non pas seuls; — mais défendez-y la famille et la propriété !

IV.

L'INDUSTRIE.

Toutefois, l'homme ne vit pas que de pain, et même avec la parole de Dieu, il lui faut bien des choses : n'eût-il que ses besoins immédiats, ils suffiraient à susciter l'industrie; — l'industrie fille de l'intelligence, mère des sciences, des arts et de la civilisation, prend une place grande, nécessaire et légitime dans la société; — qu'elle y soit citoyenne, rien de mieux; qu'elle y règne, rien de pis.

L'intelligence appliquée à la production du sol, n'en

obtient que ce qu'il peut donner; beaucoup, peut-être; mais plus, jamais.

L'intelligence appliquée à la production industrielle n'a pas de bornes; elle gravite sur toutes les insatiatibilités humaines et les lance avec elle dans l'infini.

De là, deux effets comparatifs très remarquables, à savoir : Que la production du sol bornée par sa nature et en rapport direct avec des besoins absolus, ne peut avoir, à les excéder, d'autre danger que de trop les satisfaire.

La production industrielle, au contraire, les excède incessamment et nécessairement et dommageablement. — Nécessairement, car les effets eux-mêmes devenant des causes, l'exubérance de la production sollicite les besoins et les fait naître à son tour.

Que l'industrie, donc, fonctionne pour les nécessités, l'utilité, le bien-être, chez nous; même pour le superflu chez les autres, à merveille; mais on doit suspecter fort ses bons offices, quand ils ont pour résultat de nous rendre le superflu chose très nécessaire.

Et pour résumer dans deux mots l'inconvénient de chacune : la première peut nous donner le superflu du nécessaire; — et la seconde ne pas nous donner le nécessaire avec le superflu.

Que se passe-t-il, cependant? Depuis assez longtemps, cette société est ainsi faite que l'orgueil y a dégénéré en vanité. Les hommes s'y sont dit : nous vivrons, non pas les uns pour les autres, mais les uns dans l'opinion des autres. — Nous nous estimerons à raison de l'éclat des apparences; l'heureux privilége de dissiper le superflu, fera battre les cœurs d'une généreuse émulation; le luxe racontera les félicités de chacun! — Il est clair que dans un pareil concert, la mode trouvait sa place et l'industrie son compte.

Eh! qu'importait à l'industrie qu'aux innocentes séductions de la mode, les imaginations s'ouvrissent et les cœurs se fermassent; que le superflu dévorât le nécessaire; que les passions excitées prissent la place de l'innocence; les frivolités la place des vertus; l'égoïsme celle de la compassion, et que l'esprit cédât la sienne à la matière! — Que vous plaignez-vous? la France est riche, son commerce est exubérant; son crédit sans limites; ses villes resplendissantes....

Oui. Mais le 24 février dernier, la surabondance de la production se trouvait immobile en présence des satiétés du luxe; 200 mille bras furent en un moment au service de l'anarchie : la monarchie périt, c'était juste; mais la société fut en péril, c'était de trop.

Vous plaît-il, à cette occasion, de remarquer ce qui se passe infailliblement à la suite de certaines révolutions monarchiques? Le Pouvoir est tombé parce qu'il faisait *deux* avec la société; il renaît pour ne pas faire *un;* car de sa nature, il se juxtapose et ne s'identifie pas avec elle. — L'unité rapportée qui n'a garde de périr, trouve-t-elle à sa bienséance un courant d'opinions ou de préjugés, elle y entraîne la société toute entière. — Ainsi, Napoléon dans la guerre, la conquête et la gloire.—Ainsi Louis-Philippe dans la croisade du pays vers le souverain bien-être matériel.

Mais l'abîme est au bout. Car, en définitive, la société ne vit pas plus de luxe que de gloire. — Celle-ci produit des lauriers et de l'histoire. L'autre des besoins plus aisés à supprimer qu'à satisfaire; — supprimés, — l'industrie vomit les révolutions.

Qu'en conclurez-vous?

N'en concluez rien, je vous prie.

Nous n'avons d'autre objet, quant à présent, que de reconnaître et caractériser les principaux organes de la société.

Nous avons vu dans l'intelligence appliquée au sol, l'organe qui lui fournit le nécessaire.

Dans l'industrie, celui qui lui fournit l'utile, et même le superflu.

Nous avons à étudier maintenant l'organe qui lui fournit l'indispensable : — l'indispensable vraiment, car, nous ne voyons pas de société civilisée qui s'en soit passé sur la terre.

Il est, en effet, une cause occulte, mystérieuse, par laquelle il se fait, qu'indépendamment des lois, un homme est bon citoyen, bon frère; honnête et généreux; supérieur à ses penchants; retenu, vertueux; sans éclat, sans récompense et sans mérite; — qu'au sein des plus impénétrables ténèbres de l'impunité, un homme reculerait avec horreur devant la pensée du mal; et s'il y succombait, rapporterait à la lumière l'implacable remords dans son cœur et le trouble sur son front. C'est vous nommer la Religion.

Mais laquelle?

Il ne nous est pas trop loisible en ce pays de France, de flotter indifféremment entre les cultes divers qui s'y partagent les consciences.

Il n'est imputable à personne que 30 millions de Français demandent très librement et sans hésiter à un culte plutôt qu'à tout autre, la consécration de l'état civil de leurs familles, et sans ajouter plus d'importance qu'il ne convient à ce fait, d'ailleurs, universel, qui passe un peu, convenons-en, la mesure de la bienséance ou de l'habitude; nous croyons très fermement que bon nombre de nos concitoyens, poussés vivement sur cette première question du catéchisme : Etes-vous chrétien? prendraient le temps de la réflexion, peut-être, pour ne pas répondre négativement.

C'est donc du culte de l'immense majorité que nous avons à nous occuper, à l'unique point de vue de la raison; c'est-à-dire, que nous examinerons tout simplement les conditions et qualités d'appropriation de la religion à la société civile, nous bornant à dire pour toute conclusion : voyez et jugez.

V.

LA RELIGION.

C'est la vie morale de l'homme.

§ I.

Le Doute.

Tout n'est pas ; l'infini s'y refuse ; comment donc, une intelligence qui a commencé naguère et qui finira bientôt ; qui fonctionne, dépendante des organes dépendants qui la servent, pourrait-elle comprendre tout qui n'est pas et l'infini qui l'enveloppe ; elle et ce tout qui n'est pas tout !

Mais ce que l'intelligence de l'homme ne peut embrasser, elle veut le conclure, oubliant que la conclusion de l'inconnu exige la connaissance du connu, or, de tout ce qu'elle ne connaît pas dans l'infini, elle n'a rien à conclure. Donc, rien de plus absurde que la négation de la cause première, et de plus évidemment mal fondé que les conditions systématiques dans lesquelles les diverses philosophies l'ont enchaînée ; on leur répond à toutes : Vous n'en savez rien ; vous n'en pouvez rien savoir. — Homme, — la science absolue vous est tellement interdite, que la seule chose qui vous soit éminemment propre, à savoir, la connaissance de soi-même, se refuse à toute démonstration; à qui, en effet, n'est-il arrivé de chercher, à qui est-il arrivé de trouver la preuve de sa propre existence? Mais si la preuve nous en manque, que saurons-nous jamais qui ne soit subordonné à la connaissance de nous-mêmes? — Ici, est le refuge inexpugnable du scepticisme absolu; il peut tout nier jusqu'à la négation même. — Mais aussi, il ne peut rien affirmer souverainement et de sa main, du moins, ne s'épanchent pas de vains systêmes.

Que voulez-vous! l'homme est fini, ce n'est pas sa faute, mais bien, peut-être, la confusion de son orgueil. — Ce qu'il y a de sûr, c'est qu'un être fini ne connaîtra jamais l'infini.

— Mais à tout nier le champ est libre.

§ II.

La Certitude.

Tout nier, cependant, a ses difficultés : rien de plus simple dans l'ordre métaphysique; mais dans l'ordre des palpables réalités, c'est fort différent: il ne faudrait pourtant pas, en effet, que l'intelligence rebelle qui nous refuse l'aveu de sa bouche, nous le donnât par le témoignage de ses faits propres.

Vous nierez la douleur, et vous éviterez l'atteinte

nouvelle du coup qui l'a causée; vous croyez donc à la douleur.

Vous nierez votre existence et la défendrez vaillamment.

Vous nierez votre libre arbitre, et vous serez plus jaloux qu'un autre dans le choix de vos actes.

Vous nierez la vertu, et votre vie en est pleine.

A quoi vous serviront, contre moi, toutes vos négations, si je vous ai, avec moi, par tous vos actes? Il en résultera, tout au plus, que vous croyez ne pas croire, mais vous croyez tout comme un autre, puisque vous n'agissez pas différemment. — De ces contradictions, qu'y a-t-il de plus immédiat à conclure? c'est que comme moi, vous croyez sans preuve... absolue, et pourquoi? parce qu'il faut que l'homme *Croie*, et il faut qu'il croie, puisqu'apparemment, Dieu n'a pas voulu qu'il *Sache*.

Ici, commence le vaste domaine de la foi sans preuve. C'est immense ce que vous croyez sans preuve. — S'il vous fallait le cachet de la certitude et de l'identité pour agir, vous seriez immédiatement frappé d'immobilité;—si vous saviez tout ce que vous donnez de crédit aux vraisemblances et aux probabilités, votre crédulité vous paraîtrait fabuleuse. — Et pour tout renfermer en deux mots: il n'est pas de jour, en cette société, où vos biens, votre liberté, votre honneur et vos vies ne soient à la merci des vraisemblances. Car, de preuve absolue, la loi s'épuise à en rassembler, non pas les éléments, mais l'équivalent, s'il est possible.—Cher-

chez mieux, vous mourez ; car la vie sociale est attachée à l'intelligence de l'homme telle qu'elle se poursuit et comporte ; c'est-à-dire immensément grande,
immensément faible. C'est Dieu qui vous a fait ainsi,
pour, apparemment, vous donner à réfléchir.

Bon gré, mal gré, donc, il faut que l'homme se
prenne tel qu'il est. — Il faut qu'il fasse de la foi avec
de l'incertitude ; et de même qu'il a des yeux pour
regarder devant lui et non pas par derrière, de même, ou à peu près, sa vérité absolue, se réduit au
fait stérile et inexpliqué de sa propre existence. Hors
de là, tout est un abîme d'immenses probabilités dans
lesquelles il faut vivre, hors desquelles, il faut mourir ; eh bien! qu'il exploite les grandes probabilités... et
qu'il nie après, s'il le veut, ou s'il le peut ; mais surtout
que ses faits ne démentent pas son langage.

§ III.

Dieu.

Donc, avec toute la certitude d'une opinion qui, fût-
elle niée par la parole, serait attestée par les faits
spontanés de l'humanité toute entière, l'homme sait

    Qu'il existe ;

    Qu'il est intelligent ;

Et croit qu'il est mortel,

    Qu'il est libre bien que dépendant ;

Que ce qui conserve est l'ordre, et
Que ce qui dissout est le désordre.
Que l'ordre est la règle et le désordre l'exception;
Que l'âme (ou le moi) s'ouvre à la générosité dans
un cas, au remords dans l'autre;
Qu'il n'y a pas d'effet sans cause; pas de conseil
sans but et sans moyen; pas de but et de moyen
sans conseil;
Que le hasard marche au hasard;
Que l'intelligence, au contraire, enfante incessamment le conseil, le moyen et le but;
Que la vie entière de l'homme est une incessante
élaboration de moyens auxquels il prête sa
main, vers un but, quel qu'il soit, qui, dans
tous les cas, lui échappe à la mort.

Et, s'il daignait y faire quelque attention, il se con-
vaincrait aisément qu'en courant à ce terme fatal, il
fait incessamment la faute, s'amusant en route, de
prendre le moyen pour le but; ce qui est, hélas! la
simple histoire de ses passions et de ses malheurs,
qu'il y regarde!

Il voit, enfin, de ses yeux, que de toutes parts,
l'univers atteste l'accomplissement d'un dessein dont
le mouvement général est le moyen, dont le but est
caché, mais dont l'auteur, s'il n'est le destin ou le
hasard, que rien n'explique, est l'Intelligence, que,
du moins, la nôtre conçoit, sans la comprendre.

§ IV.

Le Dessein.

La vie humaine est l'aspiration inextinguible à un état qui est à l'âme ce que le pôle est à l'aiguille. — L'âme veut s'assimiler, cela n'est pas douteux ; elle gravite, je me trompe, elle tend vers quelque chose, c'est évident ; vers quoi ? si ce n'est vers son principe et vers sa fin. — Vers la vie qui probablement a créé la vie. — Vers l'intelligence qui, sans doute, a produit l'intelligence.

Mais l'intelligence ne crée pas sans dessein ; elle ne se communique pas sans conseil.

L'intelligence créatrice est nécessairement bonne et juste, puisqu'elle est toute puissance et toute lumière ; son œuvre est nécessairement bonne, mais elle est nécessairement libre, — autrement, à quoi lui servirait l'intelligence ?

Intelligent à l'image de Dieu, qui l'a créé pour le connaître et pour l'aimer, — libre pour en avoir l'immense mérite, l'homme pouvait faillir, il a failli ; et de ses magnifiques félicités, il ne lui reste plus que l'orgueil de son origine, et l'insatiable désir d'un bonheur évanoui ; — disons mieux, la bonté de Dieu lui a laissé l'espérance !

2

§ V.

La Parole.

Créer l'homme dans son amour pour le perdre dans sa colère, n'était pas de Dieu; — le relever dans sa chute était de sa toute puissance et bonté ; — mais la réparation ne pouvait pas être où avait été la faute; que pouvait, en effet, la créature dégradée par la révolte dans la perturbation de l'ordre divin? Dieu seul y dut pourvoir.

Alors, à la voix du plus obscur des hommes, la longue ivresse de l'humanité cessa. — Une révolution qui n'a rien d'analogue dans l'histoire de l'homme, se fit dans sa pensée : il apprit tout-à-coup le secret, tant cherché, de son origine, de sa nature et de ses destinées. Il cessa de mettre sa raison au service de ses passions, et voulut bien concevoir la dualité de la chair et de l'esprit; il vit, non sans stupeur, mais avec larmes, qu'il n'était pas une de ses misères qui n'eût sa consolation; pas une de ses pensées qui n'eût son mérite; pas un jour de labeur qui n'eût sa raison et son prix. — Mais le sacrifice des sacrifices, celui sans lequel, pas un homme sur la terre ne peut croire à sa religion, ce fut de remettre et de déposer le frein que l'orgueil et la raison individuels de l'homme avaient tenu jusqu'alors sur sa volonté.

L'histoire est là, cependant, qui nous dit l'immense

et soudaine diffusion de cette parole arrivée jusqu'à nous, sans que les persécutions et les combats l'aient arrêtée au passage des siècles, toujours la même, toujours calme et sereine et toujours victorieuse.

L'établissement du Christianisme est une merveille qui s'explique si, dit Rousseau, l'Evangile n'est pas sorti de la main des hommes. — Le fût-il, il faudrait sur la foi de l'esprit divin qui l'anime, le croire encore ce qu'il se dit. — Lui seul est le lien suprême de l'association humaine; — lui seul est la sanction des mœurs qui font les lois; — lui seul, enfin, ne vous demande pour faire votre félicité dans cette vie, c'est encore un philosophe qui le dit, que de croire ce qu'il vous promet dans l'autre; et encore la foi qu'il vous demande est-elle une vertu qu'il vous propose!

Ah! sans doute, à pratiquer la morale, il y a péril d'entrer dans le dogme. Chrétien de fait, on le serait bientôt de foi. L'effort de la vertu conduit à l'effort de l'opinion, et prenez-y garde, c'est la Foi!

Quoiqu'il en soit, une société chrétienne (elle l'est toujours plus qu'elle ne croit), trouve dans la religion la plus large base d'ordre, de conservation et de prospérité sur laquelle elle puisse reposer. Et quand, secouée dans son vaste organisme, par une commotion profonde et menaçante, ses premiers accents sont les trois mots divins que vous savez; ne serait-ce point que cette République, si soudaine et si nécessaire, est l'héritière du royaume très chrétien?

VI.

LIBERTÉ, ÉGALITÉ, FRATERNITÉ.

Il n'y a point d'hommes qui soient frères, s'ils ne sont égaux ; et il n'y en a point d'égaux s'ils ne sont libres.

Quelle est donc cette liberté si féconde ?

La LIBERTÉ, c'est l'image de la dignité primitive de l'homme ; c'est-à-dire la FORCE et la MAJESTÉ. — La FORCE, car toutes les puissances de l'association appartiennent à celui qui, développant sans entraves ses larges facultés pour elle, par elle aussi, règne véritablement sur la création ; — la MAJESTÉ, car la majesté du maître appartient à celui qui n'incline son front que devant la loi qu'il s'est faite. —Voilà, croyez-le bien, le sens profond de ces trois mots dont l'étincelle a parcouru la France, et qui, résumant toute une révolution, se sont élevés, en quelque sorte, à la dignité du dogme.

Oh ! quel est donc le prix d'une conquête qui relève ce front toujours et partout incliné dans la poussière ! qui met en haleine de si hautes facultés si long-temps engourdies ! — Quoi, la Liberté n'est pas incompatible avec la société humaine et nous en jouissons d'hier! Quoi les vaines aspirations de l'homme vers la Liberté ont embrâsé le monde, occupé les siècles et défrayé l'histoire, et nous en sommes encore à en consolider, non sans soucis, la possession !

Au reste, si la condition essentielle de la Liberté est que l'homme n'obéisse qu'à la loi qu'il s'est faite, vous comprendrez bien vite que la Liberté soit nouvelle; et, en effet, vous verrez autour de vous, et jusqu'à vous naguères, une sorte d'émancipation des peuples, plus ou moins avancée, mais aussi plus ou moins limitée et contenue; mais la Liberté qui fait la loi, JAMAIS! Je ne dis pas que l'habileté d'un Pouvoir bien intentionné ne puisse faire aux peuples une condition qu'ils préfèrent, parce qu'ils la connaissent, à la Liberté qu'ils ne connaissent pas; mais je dis qu'au moins, ce n'est pas la Liberté; moins encore l'Égalité; quant à la Fraternité, je vous le demande ! Et cependant, l'on vous parle tous les jours de peuples libres, et surtout de l'Angleterre, qui s'imagine l'être, parce que son aristocratie le lui dit. —Que l'Angleterre et sans doute aussi l'Irlande !! se trouvent bien de la loi qu'on leur fait; qu'elles la préfèrent à une révolution, cela est probablement fort sage, mais au fond des choses, leur Liberté a une ville pour prison; et après tout, je doute que la loi sortie des mains de tout un peuple, y organise jamais le paupérisme et le prolétariat.

Oui, la Liberté est nouvelle; si nouvelle, qu'il la

faut étudier avant d'y croire, et il faut, avouons-le tout de suite, que la civilisation ait fait des merveilles en faveur d'un peuple, pour que les 10 millions de citoyens dont il se compose, éclairés à suffire, concourrent par mêmes moyens à même fin.

Et encore, à ne lui rien cacher, le but qui se propose à sa souveraineté d'un jour n'a pas, croyez-le bien, la simplicité de la vérité nue, ni l'immédiate faveur de l'intérêt personnel, si clairvoyant d'ordinaire. — Ne pensez pas, non plus, que le prix inestimable de la vie politique, de cette vie qui garde vos biens, vos enfants et vos vies, se révèle à vous de sitôt. — Sachez, enfin, que l'ombrageuse activité du citoyen, vous demandera le sacrifice de l'indolence et de l'égoïsme.

La seule pensée de mœurs si nouvelles vous étonne et vous glace.... Nous le savons de reste, car

A vous voir, dans ce temps de crise et de rénovation, d'incertitude et de souffrances, jeter un regard timide en avant, furtif en arrière; — à vous entendre demander un *gouverneur*, c'est-à-dire un peu moins qu'un roi, un peu plus qu'une république, l'on douterait de vous si l'on pouvait douter du principe.

Mais ce dont on ne peut douter, c'est que vous ne voulez ni du monopole, ni du privilége; eh bien! l'exclusion du privilége et du monopole, c'est la Liberté· —La Liberté à prendre ou à laisser; — que dis-je, à laisser! vous la laisseriez qu'elle ne vous laisserait pas, elle; vous le verrez bientôt.

Nous ne voulons ni ne croyons flatter la France, et sûrs au moins de notre sincérité, nous la jugeons capable de supporter la transition critique et laborieuse du régime monarchique au gouvernement populaire.

Les misères du présent ne peuvent masquer complétement les conditions d'indépendance, de puissance, même de richesse, dont la Liberté peut doter l'avenir. — Ce qu'elle a fait contre l'anarchie pour l'ordre, elle le pourra pour la prospérité.

Et puis, la Liberté, fût-elle déjà suspecte et condamnée, se sauverait encore par l'Égalité dont ce peuple est si jaloux. — Verrait-il avec indifférence le souple privilége se glisser furtivement dans un nouvel essai monarchique?

Au reste, la France n'en est point là. Elle a proclamé ses convictions, ses sympathies et sa maturité le jour où, à l'appel de la nécessité, ses citoyens se sont trouvés debout sans que pas un lui ai fait faute.

La France est désormais le peuple le plus libre de l'univers; il faut qu'elle le comprenne, qu'elle s'en pénètre et que les magnifiques destinées que la Providence ouvre devant elle l'en trouvent digne. — Reculer devant la Liberté! — La plus universelle et la plus vraie qui fut jamais! qui jamais ne s'est offerte à l'homme plus absolue, plus facile et plus nécessaire! Ce serait l'humiliation de l'histoire!

Assez longtemps vous avez subi la loi d'autrui. — De liberté? Qui jamais pour vous en prit souci? Si vous n'étiez un peuple brave et généreux, si la gloire n'avait pas toujours assez soldé vos services, votre histoire serait celle de la plus puérile soumission. — Mais, grâce à Dieu ! vous avez été de vaillants enfants. Le temps de la virilité est venu pour vous. Sachez ce que vous voulez être par ce que vous avez été !

VII.

L'HISTOIRE DE FRANCE.

L'histoire d'un peuple peut se résumer à l'élaboration de son droit dans ses vicissitudes.

Et la plus haute formule du droit est l'unité monarchique ou populaire.

§ I.

L'Unité monarchique.

Il est parfaitement sensible que le vœu d'une société qui commence comme fit la France, n'attend pas la formule imaginaire du contrat-social, pour se produire. Le plus pressé pour elle est d'assurer : 1° l'indépendance du territoire; 2° le bienfait d'un certain ordre intérieur; — pour cela, il faut de la force par l'union; elle y va tout droit, peu soucieuse dans le sentiment de la force de savoir si, pour elle, elle n'est pas aussi par elle; et cela est si vrai que le plus tardif adversaire direct du pouvoir est toujours le peuple pour qui la plus mauvaise logique est toujours bonne, la légitimité à laquelle il croit le moins étant la sienne.

— Il y a d'ailleurs bon nombre de raisons pour cela.

Mais si les choses sont ainsi, l'idée monarchique appuyée sur sa préexistence et sur la conquête, a dû naître chez nous immédiatement et sans rivale, renfermant si parfaitement les conditions de la puissance organisée. — Et cependant l'unité monarchique, bien qu'essentiellement jalouse, n'en est pas moins nécessairement communicable, autrement où serait sa force? Aussi tout n'est pas dit quand on est roi de France ; — Voyez plutôt :

Les questions de territoire prennent quelques dates, bien qu'à de longs intervalles, dans l'histoire. — Les questions de pouvoir sont à chaque page.

La question de savoir quel est celui des rois, de leurs enfants, frères, neveux, femmes, et qui pis est de leurs ministres, à qui vous obéirez, est le dernier mot de toute une race.

Celle de savoir si les fractions féodales du pouvoir échapperont ou se réuniront à l'unité monarchique, emploie 6 à 7 siècles toute seule.

Que faites-vous pendant tout ce temps-là? Vous appartenez aux rois, aux seigneurs, ou aux moines.

— A vous seuls, politiquement, vous n'appartenez pas.

Cependant vous avez aimé vos rois.... Voyons pourquoi.

En dehors et au-dessous du roi, des seigneurs et du clergé, il n'y avait pas même en France le soupçon d'un autre droit politique. — La question était posée entre les deux premiers inoffensifs, non sans cause, au troisième.

Cependant l'oubli d'un des préceptes de l'Évangile introduisit une nouvelle et redoutable rivalité de pouvoir dont on peut apprécier la puissance par les effets qu'elle produisit ; J.-C. avait dit : Mon royaume n'est pas de ce monde ; et cependant, d'un mot, les peuples purent être isolés de leur monarque ! — Jugez, d'ailleurs, d'une cause au souffle de laquelle la dépopulation d'une croisade, n'empêchait pas les autres. — Qui ne sait que souvent il fallut compter et céder avec Rome ? Et comme le temps ne lui manque pas, le monde courait chances, vraiment, d'entrer dans le royaume du Pape, sinon de J.-C. Si l'abus de la puissance n'eût pas, à certain jour, réagi contre elle.

En attendant, le Pouvoir monarchique et la féodalité avaient suspendu leurs hostilités, et la nécessité d'une défense commune avait d'autant protégé le territoire.

Vint enfin la lutte définitive de la féodalité et de la monarchie. — De ce moment, la monarchie fut toute au peuple, et le peuple tout à la monarchie. — Deux noms le prouvent : Louis **XI** et Richelieu.

§ II.

Sa Légitimité.

Le Pouvoir monarchique est aisément paternel : le peuple, d'ailleurs, se contente de peu, moins jaloux qu'idolâtre de la puissance dans laquelle il se mire ; cela lui suffit. — Sous le réseau de la féodalité que la royauté avait détendu, non sans peine, le peuple pouvait désormais se mouvoir. Dans la prudence de son bon sens, il n'étudiait pas sa reconnaissance, le Pouvoir, lui, qui aurait dû l'étudier, ne le fit pas, ou le fit mal.

Cependant, rien au monde n'était plus légitime que le titre d'hérédité, consacré par le temps, les lois, les mœurs et l'intérêt, au moins général, de la nation. — Rien n'était plus incontestable et plus indissoluble que le dernier anneau de la chaîne de tous les droits et de tous les intérêts avoués et avouables. — En un mot, la France et sa monarchie formaient un immense contrat de fait ; — la raison suffisante de sa résiliation n'existait pour personne, ni en fait ni en droit.

Et pour dire le dernier mot de cette question qui fut si grande et si imprudemment engagée par la monarchie : La légitimité monarchique était si réelle et si profonde, que ce n'est pas les 20 ans d'exil durant lesquels elle avait sommeillé, qui l'eussent ruinée, si au lieu de perdre son temps à contester offensivement la souveraineté populaire qui n'était encore qu'à l'état théorique, la monarchie se fût appliquée à renouer la chaîne des temps, comme elle disait, mais en ramenant le passé vers le présent et non le présent vers le passé. — Si la légitimité se fût appropriée à la France elle y serait encore. — Tant le droit et le fait ont besoin l'un de l'autre !

Toutefois, ce grand contrat-social-monarchique avait des conditions dont la première et la moins contestée, est que le peuple doit être, tout au moins, gouverné pour lui-même.

On voulait bien, d'ailleurs, se plier à cette théorie superficielle peut-être, et qui n'est pas encore aujourd'hui sans crédit, à savoir que la vie politique étant attachée à l'unité du Pouvoir, ne peut se réaliser que dans la monarchie.

Mais tout cela passé, on ne savait pas comprendre que l'homme qui commande à d'autres hommes, pût, avec l'infaillibilité, puiser jusqu'à l'arbitraire et la tyrannie au sein de Dieu même.

Cependant, sous l'influence des causes dissolvantes que nous allons indiquer dans l'instant, le lien-social-monarchique se relâchait à vue d'œil. — Il tombait de toutes les mains, ou plutôt, je me trompe, car il est temps de glorifier et d'honorer la France assez pour lui dire que ceux qui, dans la conviction de leurs droits, dans l'héroïsme de leur dévoûment à la société monarchique, dans le culte d'une généreuse fidélité au

monarque, se posèrent en arc-boutants de la monarchie croulante, furent des braves !

§ III.

Excès de concentration.

L'Etat, c'est moi !

Du moment qu'un roi de France put, avec une or-
gueilleuse conviction, constater la vérité d'un pareil
fait, l'unité monarchique n'eut plus pour elle que
l'immutabilité, qui n'est pas de ce monde.

L'unité du Pouvoir concentrée jusqu'à l'excès, fonc-
tionna d'ailleurs avec une admirable précision, sous
ce règne, c'est-à-dire, qu'un signe du monarque sus-
cita toutes les gloires, mais en même temps, toutes
les adulations, et avec elles toutes les ruines, si ce
n'est pourtant et malgré qu'il en eût, celle de l'héré-
sie où l'unité monarchique pouvait lire depuis longtemps la sienne.

§ IV.

Décomposition de l'Unité monarchique.

De ce moment, le travail d'émancipation intellectuelle que la monarchie tenait en échec depuis trois
siècles, ne rencontra plus d'obstacles ; la Régence

l'encouragea ; Louis XV ne lui demanda qu'une paix viagère, et les vertus de Louis XVI se trouvèrent surannées.

L'unité monarchique avait eu son levant, son midi et son couchant... Quel grand miracle y a-t-il à cela!

§ V.

Interrègne d'une unité à l'autre.

Croyez bien qu'un peuple ne passera pas aisément de la Monarchie à la République, si les choses ne sont pas mûres. Et les choses ne sont pas mûres quand le Pouvoir, qui ne peut plus tenir au sommet, n'a pas pris le temps de descendre à la base. — Voyez son itinéraire et ses essais !

§§ I.

Le Scalpel.

En 1793, La République avait eu peut-être sa raison d'être ; mais elle se créa sa raison de n'être pas encore.

Elle avait, sans doute, à contenir les lambeaux pleins de vie et de haine de l'ancienne monarchie ; mais s'attaquer à la religion, aux mœurs, aux lois, aux hommes, à la nature des choses, c'était du délire.

Peut-être, eût-elle trouvé des conditions de vie dans

l'immense gloire de ses armes, mais elle devait trouver la mort dans sa guerre à l'ordre moral,

Soyez, si vous pouvez, l'expression sincère et vraie d'une société où vous donnez en perspective à la Liberté, l'échafaud; à la propriété, la confiscation; et au crédit, les ailes du papier-monnaie. — Mais soyez-la, cette expression sincère et vraie, car il n'y a de gouvernement durable qu'à cette condition.

Et soyez bien sûrs que le premier soin du gouvernement, quelque peu plausible, qui vous succédera, sera de rabattre toutes vos excentricités dans leurs ruines!

§§ II.

La Gloire.

Aussi, saluâtes-vous la confiance superbe d'un jeune guerrier d'une acclamation que vous n'auriez due qu'à son génie, si vous l'eussiez connu. — Et c'était juste, car il vous sauvait d'un abîme en courant à sa perte.

Est-ce, d'ailleurs, que vous croyez que cet œil d'aigle n'avait pas jugé les pertes irréparables du poucipe monarchique, et les semences vivaces de Liberté désormais germées sur ce sol? — Pourquoi donc, si soucieux de vos adhésions, ne crut-il pas vous devoir une diversion moindre que la conquête de l'Europe? — Il dut succomber à l'excès de sa gloire, et il vous laissa, tout juste, comme il vous avait pris, si ce n'est que son glorieux despotisme vous avait mis un peu plus près, encore, de la Liberté.

§§ III.

Le Galvanisme.

Les morts ne reviennent pas !

La France avait désormais fait l'épreuve du despotisme et de la gloire; et dans l'excès de sa lassitude, elle acceptait tout, mais aussi sans rien croire.

L'importation anglaise d'une constitution due à la munificence d'un Pouvoir antérieur et supérieur, qui avait régné 20 ans sans rien faire, pendant que la France, qui avait tant agi, n'avait rien fait, n'obtenait qu'un sourire. Mais encore est-il que la société ne marchait que sur place, à reculons. Aussi vit-elle froidement le spectre de l'Empire chasser le fantôme de la royauté.

L'Europe entière voulut alors lui donner un corps, — toutes les sommités influentes à l'intérieur se mirent à l'œuvre.—Tous les égoïsmes ou les indifférences de l'intérêt privé, toutes les complaisances de la doctrine, rivalisèrent de dévouement; — on essaya même timidement de l'intimidation sans trop y croire; — Mais, rien ne pouvait faire que le monarque ne fût dans le milieu qu'il s'était fait bien malgré lui. — Quant il sentit sous ses pieds l'attraction de la République, il dut chercher son salut dans l'unité-monarchique, mais elle était morte !

§§ IV.

L'Equilibre.

Et comme il faut, vous disais-je tout-à-l'heure, que les choses soient mûres, pour qu'une révolution s'accomplisse et se formalise ; qu'il y a, d'ailleurs, dans la soudaineté et l'imprévu d'une commotion politique, une part considérable de chances pour le maintien des formes actuelles ; — au gouvernement qui se montrait tout prêt à fonctionner aux mains de la doctrine, la France dit : très volontiers !

Et tout aussitôt, entre l'élément monarchique, qui n'était plus un droit, et le principe populaire, qui n'était pas un fait, sortit avec désinvolture et bonhomie, le mythe du roi-citoyen, et pourquoi pas ?

C'était, sans doute, une contradiction dans les termes, une fiction désespérée, à nul autre plus invincible qu'à un petit-fils de saint Louis ; mais après tout, elle se proposait à ses risques et périls, n'imaginant pas de limites aux puissances de l'habileté.

Pour première épreuve, il fallut se décider à vivre dans une atmosphère où il n'y avait d'air, ni pour le parti monarchique, qui y voyait l'usurpation, ni pour le parti populaire, qui y trouvait la déception ; et c'était peu ; car il fallut soutenir le siége en règle de ces deux ennemis, entre lesquels la division était, au fond, sans cause.

Il fallut, face à face, avec la souveraineté populaire, spectre importun installé dans la loi, partout ailleurs insolent de son droit, passer **17** ans sans lui dire ni oui ni non, et c'était encore pèu.

Il fallait la vaincre, cette souveraineté, et pour la vaincre la trahir; — dans un pays antipathique à l'aristocratie éteinte, on ne recula pas devant l'incroyable essai d'une aristocratie bourgeoise, l'ancienne, à sa louange, ne s'y étant prêtée. — Qu'importe! il se trouva tout ce qu'il fallait pour y souscrire, même sans l'hérédité, sauf à voir.

Toutefois, ce labeur avait pour condition et pour base, une majorité précaire et mobile; il la fallait faire et maintenir docile et dévouée. — On l'obtint tant et si longtemps qu'on voulut. Mais à quel prix? — Au prix, hélas! des mœurs, des lois et de la sincérité publiques!!

Lisez, si vous savez lire, la sentence populaire de ce régime, dans ces affreux types, auxquels, peut-être, n'avons-nous pas refusé un triste sourire!

A Dieu ne plaise! que la France de février demande à celle de juillet plus que d'utiles enseignements; mais elle y a droit et intérêt, car il nous faut, à tout prix, d'autres mœurs. — Il presse de constater que la condition vitale de ce gouvernement artificiel ne put aller, à moins que d'installer dans la société la vénalité indéfinie, — d'y créer les besoins pour les pro-

duits; de sourire paternellement à toutes les bouffis-
sures du crédit, et dans l'usage des emplois, des fa-
veurs, des honneurs, de laisser bien loin derrière lui,
l'économe de l'Evangile. — Quand cette nation d'hommes libres distribuée, bientôt, en essaims attachés par
la prière au patronage, n'a plus vu dans les lois qu'une
ironie; — quand elle a vu la corruption s'étendre assez loin et monter assez haut, pour laisser le pouvoir,
non pas sans défenseur, glorieux de marcher à sa
suite, mais du moins sans parole; — alors elle a
senti le frisson de la Liberté...

Oh! si, il y a 30 années, la démocratie coulait à
pleins bords dans cette société, de quel poids ne pe-
sait-elle pas sur des digues si faibles. — Elles s'affais-
sèrent au moindre contact, et la France inondée de
liberté, offrit au monde le spectacle inouï de la beauté
sociale dans sa force et dans sa nudité.—Le principe
de la souveraineté du peuple s'installait sur sa base.
— L'unité populaire se substituait à l'unité monarchique à bout de fictions; — la dernière de toutes
s'évanouissait sous le double crêpe de l'usurpation!

Du moins, au dernier jour, en 1830, la France
s'était souvenue que ses rois légitimes avaient été la
glorieuse et séculaire expression de son droit!!

§ VI.

L'Unité populaire ou la Souveraineté.

Ce petit écrit n'atteindrait pas le but d'utilité qu'il

se propose, si les principes de politique élémentaire qu'il étudie et qu'il consigne, n'étaient pas simples et vrais; double condition d'autant plus nécessaire ici, que le peuple doute assez naturellement de sa souveraineté, toujours présente, la veille des révolutions, le lendemain toujours disparue.

Il faut donc lui démontrer que, cette fois, elle est dans ses mains pour, s'il la veut bien connaître, n'en plus sortir.

Et pour l'engager davantage encore à s'y tenir, en crainte des luttes nouvelles que sa répudiation amènerait infailliblement; qu'elle soit vraie, qu'elle soit fausse; — Qu'il sache bien et n'oublie pas qu'un principe faux combat jusqu'à sa mort, et un principe vrai, jusqu'à son triomphe!

I.

Son Origine et ses Causes.

L'histoire ne s'est pas, apparemment, pliée à la fantaisie d'un système, pour nous dire comment l'unité monarchique, nécessaire d'abord, puis, protectrice intéressée, s'était progressivement assimilé un peuple qui s'ignorait lui même.—Elle n'a pas, à plaisir, groupé près du pouvoir à son apogée les causes de sa dégénération, et les faits qui l'ont précipitée.—

A plaisir signalé l'astre populaire, s'élevant sur un point de l'horizon, quand celui de la royauté s'abaissait de l'autre. — Enfin, la raison la plus vulgaire saurait-elle nous tromper quand elle nous enseigne que le pouvoir monarchique, de sa nature, s'approprie la force qu'il emprunte, et que la société qui la lui prête, la retient naturellement quand il en abuse? — De là, germe de deux unités où il n'y a place que pour une; et dans un temps donné de développement qui, pour l'une est la ruine de l'autre, question toute simple de savoir si la mère doit céder la placé à la fille? — Telle est la phase de son histoire où la France était parvenue.

II.

Sa Réalité.

La souveraineté du peuple, théorie irréprochable, n'en serait pas moins une dangereuse utopie, si son action embarrassée dans ses complications élémentaires, n'atteignait son but qu'à l'aventure. On a pu le dire et le croire pendant longtemps, non sans vraisemblance. Mais les choses n'en sont plus là. La souveraineté du peuple est un fait; un fait qui, bien ou mal, fonctionne en ce moment. C'est le fait politique et légal le plus large, le plus universel, le plus incontesté et le mieux constaté qui se soit produit sous le soleil dont il a l'évidence.

III.

Sa Puissance.

Ce fait-principe, sérieux, réel, si vous le supposez organisé, doit être, sans nulle comparaison, le plus un, le plus dominant, et dès lors, le plus fécond qui ait gouverné les hommes; car il est la combinaison du droit et de la force, dans la plus haute expression de la puissance.

Il est souverainement un, parce qu'il est exclusif de l'existence et de la rivalité des partis; si exclusif, et, dans tous les cas, si exclu qu'il n'a surgi qu'au moment de leur décomposition définitive et pour s'en assimiler les débris. — Si parfaitement un, que de lui-même il a improvisé sur tous les points du territoire les défenseurs de l'ordre, et désespéré, ou peu s'en faut, l'anarchie. Et si vous doutez de la puissance de cette unité qui bégaie encore, voyez comment les hommes s'effacent devant elle.—Voyez ce que pèsent les illustrations du jour ou de la veille. — La chose publique! Voilà les hommes!—Les habiles, les puissants, les monopoleurs de la fortune et des honneurs, qu'ils défendent, s'ils le peuvent, les derniers débris de leurs importances individuelles! ou plutôt, que leurs regrets s'affaissent sous l'irrésistible pression d'un principe qui fera beaucoup pour chacun, — quand il aura fait *tout* pour *tous*!

Oh! nous savons bien que nous proposons ce langage à une société qui n'est pas ainsi faite; bien autrement faite, au contraire; aussi lui parlons-nous bien moins de ses intérêts actuels en crise et en souffrance, ou de son avenir, que du principe qui le porte dans ses flancs, quoi qu'elle fasse.

La souveraineté populaire doit tout à la raison des faits supérieurs; rien aux hommes. C'est la logique de la nécessité qui l'a conclue. C'est de sa main qu'elle a pris la couronne; elle ne saurait la perdre que dans les ruines de la civilisation.

Ils sont hommes de peu de foi, ce nous semble, ceux qui tourmentent leur principe pour le développer; qu'ils daignent, donc, imaginer que le principe social a été élevé sur le pavois par la nation tout entière.

Si vous doutez de sa puissance, ne doutez, pas du moins, de sa nécessité.

IV.

Sa Nécessité

Consultez la signification d'un seul fait :
Les hommes au cœur de qui la légitimité a laissé

d'honorables regrets ou de loisibles espérances; — ceux dont la Révolution de Février dépassait les vœux; ou détruisait les fortunes, déconcertait les ambitions, confondait les positions et les doctrines; ceux dont l'ardeur et l'ambition dépassaient la révolution elle-même; ces masses, enfin, de citoyens obscurs au-dessus desquels passent, sans les atteindre, les ouragans révolutionnaires; ont-ils répudié la moindre part de ce droit souverain qui venait les surprendre?.... Ne vous suffira-t-il pas pour en conclure la nécessité que dix millions de voix aient inauguré le droit d'un peuple à sa souveraineté?.....

Essayez du retour de la monarchie chez ce peuple où vous ne pouvez plus sans crime, et qui plus est, sans effet, tenter de ravir au moindre citoyen, la moindre parcelle de son droit souverain; — Serait-ce l'héritier des rois légitimes qui pourrait ou qui voudrait vous imposer ou vous soumettre l'antériorité de son titre?. ... — Serait-ce la monarchie de l'Equilibre qui voudrait encore une fois suspendre sur vos têtes le sarcasme de sa balance? — Non, non, de monarchie il n'en faut plus parler; — elle ne reparaîtrait que pour apporter le tribut de ses eaux dans les vôtres..... Est-ce ainsi qu'elle l'entend?.....

Le danger n'est pas là; le voici :

A l'exemple de l'Angleterre et des Etats-Unis, tous deux fort au large, la France comparativement fort à l'étroit, s'est jetée dans le travail industriel; et sur la foi du développement indéfini des besoins de l'homme qui, pourtant, dit-on, n'en saurait avoir trop peu, elle a ouvert la lice à une concurrence anormale entre les besoins et la production, et c'est à peine si le crédit à leur suite s'est laissé distancer. — Assez longtemps, ces trois causes combinées ont fonctionné ensemble à leur commune satisfaction, sans trop se préoccuper de ce fait à noter, que pendant que s'élargissait le cercle des besoins superflus, se creusait l'abîme des besoins nécessaires.

Cependant, voici venir à l'horizon un de ces nuages à l'approche desquels les illusions se dissipent, les superfluités perdent leur prix; le crédit se recueille, la consommation cesse, la production s'arrête, et aux immenses besoins dont elle est escortée manquent, tout à coup, le travail et le pain.....

La question était prévue; elle fut étrangement posée :

Les prospérités industrielles de la société venaient aboutir à la défection d'un de ses éléments encore innommés se disant froidement la *force ouvrière*; c'était bon à savoir; d'autant que son hostilité ne se déguisait guères, dans l'orgueil et l'ambition qui la dirigeaient. — Elle voulait vivre en travaillant, disait-elle; c'était bien juste, si c'était possible; ce n'était plus très facile, dans tous les cas. — Mais mourir en combattant, c'était un conseil peu logique en temps de paix. — Combattre? contre qui? c'était du reste significatif.

Décidément, c'était la question du travail au moins

à l'état diplomatique. — La société s'y présentait, apportant de son côté, en attendant le travail, le pain de la fraternité, dans sa main désarmée; — de l'autre, la force ouvrière, la tête haute, la main sur son épée, oubliant qu'elle n'était, après tout, qu'un enfant infatué de son audace, ignorant de sa force réelle et, plus encore, insoucieux de la justice et du droit, formulait ses conditions.

Au 15 mai, elle n'apprenait pas même la valeur comparative du fait et du droit; et le 23 juin elle s'attaquait au droit; exactement comme celui qui l'ignore;—La société a châtié, comme on sait, la plus coupable révolte qui jamais se soit dressée contre elle; et si la question du travail passée avec un triste succès, dans le camp social, y porte à réfuter des doctrines sauvages, on n'a plus à craindre pour les combattre, qu'un innocent casse-tête.

Le bon sens populaire à qui ces réflexions s'adressent, ne comprendra point que la société, pour s'être trop avancée dans les voies du progrès, doive payer son mécompte par sa désorganisation.

La question du travail est grande, sans doute, mais elle n'est pas sincère. — Grande, parce qu'ayant déjà renversé, l'ingrate! une dynastie, elle pourrait encore attaquer un gouvernement; — grande, parce que la fortune de l'état succomberait à sa solution inexacte.

Mais elle n'est pas sincère, parce qu'elle est posée sur la foi (nécessaire peut-être) que Paris est la France; et c'est ainsi que l'entendent ceux qui veulent la souveraineté nationale, moins ses conséquences. C'est-à-dire, les dynastiques de toutes couleurs, et ceux qui croient à la restauration de 93. — Elle n'est pas sincère, surtout, parce que les plus sincères amis de la République actuelle l'acceptent, moins confiants qu'ils ne devraient être en eux-mêmes et dans leur principe.

La vérité est que l'industrie française est très souffrante, mais elle n'est pas morte; fût-elle plus malade, — il en résulterait l'appauvrissement, mais non la dissolution de la société. — Ce serait un grand pas en arrière; — nous ne le ferons pas et voici pourquoi.

Il n'y a pas longtemps qu'il se disait superbement: La France est assez riche pour payer sa gloire. — Nous disons plus modestement qu'elle n'est pas assez pauvre pour qu'un seul de ses enfants succombe à l'indigence. Le tout serait, ce qui ne sera pas, de s'entendre, mais à défaut de concert, d'organiser vigoureusement le sauvetage; un gouvernement le peut toujours. — Cessons de demander des effets là où il n'y a plus de causes. N'anticipons pas par d'imprudents sacrifices sur le retour d'une confiance rebelle que nous aurions peut-être, si, forts de notre principe, nous avions su nous passer d'elle. — Nous n'en sommes plus aux habiletés de la doctrine. — C'est aujourd'hui, la droiture et la fermeté qui doivent tout sauver.

Partout, en France, le bon sens public a proclamé un fait vérifié par le fait, c'est qu'à la révolution de février, il n'y avait pas à choisir entre les formes de gouvernement possibles, et pourquoi? parceque la forme républicaine sortait logiquement, fatalement du principe populaire; et, qu'en un mot, la société empruntait sa forme à sa substance. — Ce qui explique trois choses : la Facilité, la Force et la Nécessité de l'établissement.

La *force ouvrière* s'était servie du principe pour renverser une dynastie, le principe se servirait de la force ouvrière pour en renverser une autre. — Mais qu'il succombât à l'instrument indocile dont il se sert *comme* de *sa chose*; c'est ce qui ne peut pas être. — Ce qui s'est passé se passerait encore; la France, qui sait aujourd'hui qu'elle n'est pas à Paris, y retournerait encore, quoi qu'on en puisse dire; — elle ne tuerait pas SA force ouvrière, mais elle la châtierait, comme elle a fait déjà, pour lui apprendre à vivre. — Cherchez maintenant un autre principe qui, comme le vôtre, soit aisément vainqueur de vainqueurs, et concluez!

La question intérieure se résume très bien à la fable des Membres et de l'Estomac.

N'est-il pas vrai que les illusions des partis dont la politique est de regretter, d'espérer, ou de rêver, n'attendent, dans leur abstention étudiée, que le moment où les embarras d'un pouvoir indécis, l'engageront dans une lutte où sa perte les rendrait nécessaires, soit l'un, soit l'autre?... N'est-il pas vrai que la force ouvrière, enrôlée sous le drapeau de 93, et concentrée le plus près possible du pouvoir, est plus soucieuse de le compromettre que de trouver du travail ? N'est-il pas vulgaire, enfin, que si la confiance, impatiente de renaître, paraît un jour, pour se cacher l'autre, c'est que le principe seul possible et partant nécessaire, n'a pas vaincu les obsessions sans avenir, qui le fatiguent ?

Mais que votre juste impatience attende, il le faut bien, l'instant où le pouvoir, poussé incessamment par son principe, que les mauvais vouloirs et même vos propres défiances ne sauront ruiner, donnera une protection ouverte, généreuse, sans réticence, aux vrais et impérissables intérêts de la société, et vous verrez la confiance rendre la vie à l'industrie. — Sans doute, elle ne suffira pas, dans le cercle rétréci qui lui reste à combler seule, l'abîme des besoins ; mais partout, la France donnera le travail et le pain, et même le pain sans le travail ; il ne s'agit que de dégager le principe.

Le seul obstacle qui s'y trouve, c'est que la société française, pétrie et façonnée par la monarchie, n'est point encore faite au contact du principe populaire. Elle s'étonne et s'agite sous cette armure un peu pesante, mais comme elle ne l'a pas revêtue apparemment pour la quitter, elle n'a rien de mieux à faire que de s'y habituer.

VIII.

Le Suffrage universel.

Lorsqu'il y a un demi-siècle, la monarchie tomba comme un arbre gigantesque sur le sol, le pouvoir qu'elle entraînait avec elle de si haut, dépaysé dans ces régions inférieures, ne trouvait pas, si près de la terre, sa base accoutumée. Quatre fois, il tenta de relever l'arbre déraciné, et chaque fois, pliant sous le faix, il se rapprocha de la base populaire, jusqu'à ce qu'enfin, il s'y plaça.

La souveraineté populaire était désormais une théorie vérifiée par un fait immense. — Le principe était vrai, sa conséquence la plus immédiate, son moyen d'organisation nécessaire, c'est-à-dire, le suffrage universel devait être vrai aussi. — S'il ne l'était pas, le principe était faux. — La logique des faits historiques constants, avait été fallacieuse. — La France n'aurait tant bataillé depuis 50 ans contre des illusions, que pour embrasser une chimère. — La seule certitude acquise serait que dans l'absence de la démocratie qu'elle ne pourrait pas, de la monarchie qu'elle ne veut pas, de l'aristocratie qu'elle n'a pas, l'anarchie, du moins, ne lui ferait pas faute. — Ah! pardon! de tant d'insistance sur un principe! Mais, c'est que l'avenir, les révolutions, les malheurs, la prospérité d'un peuple, tout est dans son principe, efforcez-vous de le croire!..

Si donc, le suffrage universel est vrai; c'est aussi à la condition commune à toute organisation, qu'il fonctionne *pour* et non *contre* son principe.

La saine organisation du suffrage universel est donc la condition vitale de la souveraineté; il y a plus : c'est que le suffrage universel est un instrument de puissance telle et si incomparable qu'il peut, aisément, dans la main de la nation, être pour elle, une arme de salut ou de suicide.

Qu'elle surveille donc, les convoitises dont ce levier fatal est assiégé!!

I.

En présence de la situation.

Il paraît presque paradoxal, et cependant il est très exact de dire que le juste-milieu qui perdit le précédent régime, doit être le salut du nouveau, et la raison toute simple en est que le premier trompait son principe, pour s'en éloigner, et que le second n'a pas conquis le sien pour le fuir. — Le juste-milieu n'épancherait aujourd'hui que de la fusion, mais de la déception, au profit de qui? je vous prie.

C'est une bien grande illusion si elle était sincère,

elle ne l'est pas, que celle qui suppose incessamment la république en péril, et lui montre chaque jour des ennemis contre lesquels il ne faudrait pas moins que les remèdes héroïques de 93. Si l'on veut bien y regarder de près, on verra qu'ils sont bien morts malgré qu'ils en aient, les partis dont la politique ne vit plus que d'une foi sénile dans leurs propres renaissances. — Voici probablement le vrai de la chose :— on est peu ou mal républicain dans les châteaux; — le monde fashionable a peu d'avenir; — la corruption est à la réforme; — la clientèle en disponibilité; — les capitaux sont monarchiques, cela est vrai; — il y a du mécontentement dans tout cela; c'est naturel, presque juste; mais, au fond, peu redoutable; et n'étaient les détresses du commerce et de l'industrie que la république déplore sans les avoir causées, les voies seraient libres de ce côté.

Mais de l'autre, se présentent deux systèmes radicaux, énormes, dont l'un, dit-on, a pour but immédiat ou définitif, d'enrégimenter la famille et la propriété. — L'autre, d'en faire un immense troupeau en grasse pâture, voilà les fins; voici les moyens.

La société constituée fondamentalement comme on l'a vue en tous temps, en tous lieux, a eu le malheur, sur la foi du progrès et de la civilisation, de prendre son vol trop haut. Dès qu'elle a été bien, elle a voulu être mieux; elle a dit : Où ne parvient-on pas avec l'intelligence et la perfectibilité? Elle a cru que si l'homme vit peu, il peut vivre vite; elle s'est flattée de mettre des jouissances à la place des besoins, et de créer à de nouveaux besoins de nouvelles jouis sances. Les classes élevées se sont précipitées dans ces voies offertes par l'Angleterre à l'imitation des autres peuples. Une consommation immense, universelle (on ne peut trop le répéter), a suscité une production sans mesure, et dans la production une concurrence insatiable, désespérée, et qui bien pis est, naturelle et nécessaire; — tant et si bien, que les misères, les désordres, les désespoirs du prolétariat, se sont trouvés à la base de cette société, en même temps que les jouissances!! L'égoïsme, l'insolence et l'orgueil en occupaient les sommités inaccessibles.

Ah! nous comprenons, nous autres citoyens qui n'avons pas, à ces hauteurs, respiré l'air léger où se volatise jusqu'à la pitié; nous, dont le cœur se brise à l'aspect de l'implacable misère qui décime nos frères ouvriers; nous comprenons qu'ils ont dû croire la société mal faite. Nous le comprenons avec eux et pour eux, pour la réformer, mais non pas pour, avant tout, la détruire.

Cependant, la question n'est pas autrement posée par ces frères égarés, ou plutôt par l'esprit qui les discipline à la manière du Vieux de la Montagne. — La guerre est déclarée à la société du sol par les forces exubérantes de l'industrie. — Le but, c'est l'affaissement de tous sous l'inflexible niveau. Le moyen des moyens, c'est la conquête du pouvoir à force ouverte ou déguisée, et les moyens du but les procédés de 93.

Tout en haïssant la guerre, triste nécessité de la nature attachée à tous nos pas, il faut bien, hélas! la comprendre et parfois la faire résolument. — Mais on doit la haïr plus et la craindre moins, quand n'ayant pas sa raison d'être, elle se produit au milieu de la civilisation, au sein de la patrie, avec les caractères d'une guerre sauvage. — La craindre moins, car, partout, ses succès et ses chances peuvent se mesurer sur sa raison d'être.

1793 avait la conquête de son principe à défendre, et les immenses résultats de sa révolution à conserver voilà la raison de ses 14 armées victorieuses, et l'explication, non la justification, de ses procédés révolutionnaires.

Mais que dans la guerre à mort faite au corps dont il dépend, un membre défectionnaire cherche sa vie propre et son indépendance, voilà ce qui est une méprise palpable qu"il ne doit pas faire, pas plus qu'il ne doit oublier que 93 ou 89, ce qui est de même, a dégagé et non sacrifié la propriété. — Bien au contraire, il l'a faite si mobile et si divisible qu'elle est devenue le plus indissoluble lien de la société, et c'est à ce point de vue qu'il est très exact de dire que la propriété tient plus au proprétaire que le propriétaire à la propriété.

Il semble donc que cette partie défectionnaire, impuissante au 15 mai, vaincue au mois de juin, battue par son principe, conseillée par la raison, guidée par la nécessité et décidée probablement à concentrer ses forces dans la légalité, y fonctionnerait utilement même pour elle, dans les voies d'une honorable et fraternelle opposition, mais elle attend plus, tôt ou tard, du suffrage universel.

II.

Son caractère essentiel.

Tout le mal d'une situation dont la crise, longue et déplorable, est déterminée par des causes superficielles, et dont l'homogénéité fondamentale n'a pas eu sa pareille dans l'histoire, tient à la mobilité du caractère national, étonné de ses nouvelles conditions.

I.

Hésitation.

Personne n'ignore l'étrange facilité avec laquelle les révolutions se font et se succèdent en France; — l'opinion publique abandonne un gouvernement; Paris le renverse; le pays se paie de quelques mots soi-disant constitutionnnels; — les rênes changent de mains, et tout est dit jusqu'à nouvel ordre.

Il est sensible qu'il y a là quelque chose d'anormal et d'incomplet ; c'est qu'en effet, la société et le gouvernement, qui porte son principe en soi, sont deux choses très distinctes. — De là plusieurs conclusions certaines qui sont :

1° Que la société proprement dite n'a rien d'essentiel à démêler dans le conflit ;

2° Qu'elle souscrit au changement avec une indifférence justifiée par une multitude de bonnes raisons inutiles à dire, quoi qu'il lui coûte ;

3° Que bien sûre de n'y pas périr, vu qu'au dire de Platon, dans Montaigne : « C'est chose puissante et de » de difficile dissolution qu'une civile police, » elle s'habitue aux révolutions et aux déceptions, les prévoyant toujours et ne les craignant guères ;

4° Enfin, que l'habitude est si bien prise qu'au premier indice, tous les yeux se tournent vers Paris.

Tout cela se reproduit depuis la révolution de février. — Les hommes ignorants et superficiels qui, peut-être, ne sont pas le petit nombre, sont déconcertés en voyant que la révolution ne s'incarne pas assez vite, car, il leur faut un homme. — Les partis ne se souviennent plus qu'ils sont morts, et infatués du sentiment de leur nécessité surannée, ils attendent qu'à Paris, une nouvelle révolution les réclame, bien décidés, en attendant, à faire une trouée dans le suffrage universel.

Mais tout ceci souffrira de grandes difficultés.—Les choses ne sont point ce qu'on les imagine ; la révolution de février n'est pas une intrigue de parti ; c'est une révolution de principe ; — c'est tout simplement qu'après l'interrègne que nous avons indiqué, la seule unité possible a succédé à celle qui ne l'était plus ; — et cette unité, persuadez-vous-en bien, n'est pas une fiction toujours grosse d'une déception; mais bien un fait consubstantiel à la société même ; c'est la chair de sa chair, les os de ses os ; — qu'elle en doute ou qu'elle y croie, c'est un fait désormais acquis et fatal; et si, par un malheur possible, le suffrage universel surpris et violenté, intrônisait un gouvernement qu'il est assez malaisé d'imaginer, il le tuerait encore plus infailliblement qu'il ne l'aurait produit.

Il est une autre considération dont l'importance est plus actuelle :

Supposez que le suffrage universel vînt à biaiser sous une pression dynastique, il arriverait encore que le principe éludé par son instrument, tendrait incontinent son ressort, et vous verriez venir au secours des auxiliaires que vous n'auriez pas appelés, songez-y !

Et qu'on n'objecte pas ici le vœu souverain de la majorité, car il ne semble pas possible d'échapper à cette alternative : ou l'élu du suffrage universel serait un président ou quelque chose de révocablement pareil, et alors plus l'élu aurait été près du trône, et plus grand et décisif serait l'hommage au principe, — ou il serait la négation de la souveraineté du peuple, et alors le principe étant dans son droit, il y aurait révolution.

En un mot, qu'on ne peut trop redire, au début d'un principe — ou la souveraineté populaire est une chimère, et alors, depuis 55 ans, nous faisons du somnambulisme.

Ou, elle est réelle et il faut s'y tenir.

Si donc, il est une vérité qu'il faille pour ainsi dire, injecter dans toutes les veines du corps social, c'est l'emploi loyal et complet du suffrage universel. Mais pour l'exercer convenablement il faut le comprendre.

II.

Solution.

En voyant la société fonctionner très explicitement et toujours dans les conditions d'une libre obéissance à la loi, en général, et d'une fidélité habituelle à la loi de la promesse, en particulier, la philosophie a dit avec raison : il y a là-dedans un contrat; mais à tort : il y a là-dessous une convention originaire et primitive. — Il lui suffisait bien de constater la présence indubitable du contrat social, pour qu'elle en conclût que la société peut pactiser en soi, pour le développement de son intérêt. — Le droit était donc incontestable et manifeste. Et, remarquez que ce droit, pour ne pas descendre d'une convention primitive, n'en a pas moins tous les avantages; c'est-à-dire que la société peut fouiller légitimement dans toutes les profondeurs de son système, et procéder avec plus de précision et de vertu que n'aurait fait le pacte primitif.

L'œil le plus exercé, je le suppose, ne saurait voir ce qu'à d'avenir devant lui le suffrage universel, fort diversement accueilli, bien que généralement accepté en France. A en juger par l'essai qui s'en est fait au milieu, et peut-être au moyen des difficultés du temps, on devrait croire à sa durée. Ce qu'il y a de sûr, c'est[t] qu'il ne manquera à cette source d'omnipotence qu'un peuple assez civilisé et assez sage pour y puiser.

Prenez la peine de vous bien pénétrer de ce fait, à savoir : Que de tous les peuples de l'Europe, vous êtes le seul qui puissiez vous vanter (passez-moi le mot) de posséder le droit, le pur droit, à son point initial, à sa source inépuisable et féconde. —Que partout ailleurs, le droit a été et est encore relatif et subordonné; nulle part défini; universellement contesté ou contestable; d'autant plus tiraillé et disputé qu'il est à l'état secondaire. — Tant et si bien, qu'on peut conclure ce que j'ai déjà indiqué : que les fluctuations de l'histoire ne sont, en définitive, que la navigation laborieuse des nations à la conquête du droit.

Vous l'avez sous la main, il ne s'agit que de l'exercer et d'y croire.

L'exercice en est soumis, je le sais, à certaine fortuité inséparable des éléments infiniment multiples, au milieu desquels il s'élabore; mais il a pour lui, toutes les chances que l'ordre, la raison et l'intérêt publics ont sur le désordre et l'erreur. — Est-ce donc que pour être réglementée sans restriction et sans système la voix du peuple, *vox populi*, serait moins influente et décisive?

Au reste, les choses ne sont plus entières; le suffrage universel est à flot, et comme le vaisseau qui vient d'être lancé, c'est sur la mer qu'il faut pourvoir à sa mâture et à ses agrès, sans oublier de l'équiper comme un vaisseau de premier rang.

Le suffrage universel est l'expression toute puissante de la souveraineté, non pas d'une souveraineté tempérée par des institutions modératrices, qui seraient encore de la doctrine, mais d'une souveraineté, par sa nature, sans règle et sans limites, et c'est ainsi qu'il la faut prendre, dégagée de la routine et des précédents ou des analogues que ce gouvernement n'a pas. — Cette souveraineté, si elle pouvait le mal, en ferait immensément, mais elle ne le peut vouloir; or, le bien qui est en elle, elle le voudra avec une telle intensité que rien dans l'organisme social n'échappera à son action. Les mœurs, les lois, changeront quand et comme il le faudra. Que dire de son gouvernement; qui n'aura pas la main sur cet irrésistible gouvernail?

Je suis bien tenté de dire humblement, que l'Assemblée nationale a compris le principe quand elle a exclu de la Constitution le rouage, bien plus qu'inutile, d'une deuxième chambre.—Et, si ma confiance dans le suffrage universel n'était pas assez grande pour croire fermement qu'à l'élection de la présidence, il ne s'égarera pas dans des majorités concurrentes et relatives, j'hésiterais à croire que l'élection directe soit dans le principe de la souveraineté.

Cette solution accuse des craintes qui m'en donneraient une, je l'avoue, c'est qu'on ne croie qu'imparfaitement au suffrage universel, et à l'impossibilité d'une révolution monarchique. Oh! si elle eût dû se faire, elle serait déjà faite; si elle ne s'est pas faite, c'est que la souveraineté du peuple ne peut pas se défaire. — Eh! ne voyez-vous pas aux libres allures de la société, sous des rênes, depuis un an, flottantes, qu'on ne peut plus désormais l'aborder qu'avec la liberté? Oh! si de liberté la monarchie avait les mains pleines, nous la prêcherions nous-mêmes; car, c'est la liberté qu'il nous faut, rien de plus, rien de moins.

III.

Son Universalité.

Si ce peuple, qui est généreux, veut fixer chez lui la Liberté, l'Égalité, la Fraternité; s'il veut appeler à lui la vraie gloire, la vraie puissance, la vraie prospérité, il lui suffira d'une seule chose, petite en soi, mais grande pour ses mœurs, c'est que le citoyen qui s'abstiendra du suffrage universel, soit le mauvais citoyen!

L'esprit d'organisation qui a posé le trône de la souveraineté, jusque dans la plus humble chaumière, n'oubliera pas, soyez-en sûrs, le dénûment du citoyen qui l'habite. Si la souveraineté du peuple que l'histoire et la raison éclairent de toutes faces, ce nous semble, n'est pas, de toutes les déceptions, la plus fabuleuse; la révolution faite en son nom sera pour lui sérieuse et féconde; non pas que le droit de propriété tombe en communication directe ou indirecte, car abolir la propriété, c'est la rendre incommunicable, c'est y substituer la servitude et l'abrutissement de tous. Le bon sens du peuple ne s'arrête pas à cette grossière adulation. — La société, dégagée du privilége et du monopole, à d'autres et plus normales facilités. — Par le suffrage universel, le sort du peuple, est, au fond, dans ses mains; — que l'on parle tant qu'on voudra de l'influence, plus ou moins absolue, qu'il subit; on peut l'avouer sans la craindre, parce qu'après tout, 1° s'il s'y prête, il peut s'y refuser; 2° qu'il s'y refusera quand elle lui sera offensive; 3° et qu'au premier essai du suffrage universel en temps révolutionnaire, il a fait preuve de sens, à chercher hors de lui son guide et son conseil. — Mais attendons le second !! — La lumière et l'expérience se font vite au centre de la civilisation. — Le peuple n'ignorera pas longtemps que la majorité représentative sort de ses mains; il la fera profondément dévouée à la vraie et durable société, et tous les hommes d'ordre lui viendront en aide, à cette fin.

Il est un peuple parmi nous que l'on peut impunément ne pas flatter, c'est celui qui comprend que la France, telle que la monarchie la remet à la république, ne peut se transformer, ou pour mieux dire, se décomposer d'un seul coup au gré des anarchistes et des utopistes qui ne lui donneraient pas 24 heures de convalescence.

Que peut demander, après tout, ce peuple véritablement social, et que peut-on, ou plutôt que peut-il se promettre ? — Un gouvernement responsable qui s'occupe de lui sous sa surveillance, qui le mette en rapports de dignité, de paix et de commerce avec les autres nations, et qui le maintienne libre à l'intérieur.

Mais quand ce gouvernement obéissant à l'impulsion supérieure du suffrage universel, aura organisé près de la Liberté, des moyens de subsistance et de travail, tel qu'il soit loisible au malheureux de vivre, sinon de travailler; — quand ce gouvernement qui ne peut faire tout le monde riche, aura fait beaucoup moins d'hommes indigents, et beaucoup plus d'hommes libres. — Quand sa puissante interposition dans les choses de l'industrie, aura, autant qu'elle est possible, balancé l'influence dévorante de la concurrence. — Quand le bienfait de l'instruction populaire, — marchant de conserve avec l'amélioration des mœurs sociales et l'ascendant progressif de la raison publique, aura ôté quelque peu d'orgueil à la richesse pour restituer quelque peu de considération à la pauvreté; — Que pourra-t-on demander de plus au gouvernement populaire?.....

Tout ceci n'est pas, ne peut pas être actuel...... qui en doute? — Pour Dieu! ne demandons que le possible! et sans faire à la Révolution de Février le mérite d'avoir sauvé la France du dernier des malheurs, ce qui n'est vrai que très subordonnément à la question de temps. N'est-ce pas assez qu'elle ait coupé court à un germe de dissolution qui, dans un temps donné, livrait la société, pieds et poings liés, dans la main des anarchistes?

Une vérité vulgaire, aussi vieille que la France, est qu'elle est essentiellement et avant tout agricole; l'agriculture est sa vie, sa puissance; ce qui n'empêche qu'elle ne soit et doive être industrieuse, sinon industrielle; de ce fait assez constaté, résulte axiomatiquement la nécessité d'un certain équilibre entre l'agriculture et l'industrie. Eh bien! la conséquence la plus directe et la plus certaine qui en résulte, mais en même temps la plus dure à faire accepter à la France, c'est qu'en s'appauvrissant à certain point, elle s'enrichit politiquement. — Ranimez, en effet, les fausses prospérités dont on porte le deuil avec moins de raison que de motifs, et l'équilibre cesse; vous verrez encore une fois toutes les passions cupides et leur cortége obligé, se précipiter dans les voies de la fortune. — La campagne sera bientôt à la ville. — Est-ce un état normal, je vous le demande ? Etait-ce oui ou non le nôtre, il y a peu ? Et s'il n'est plus, à quel prix ? A ce prix que les forces exubérantes de l'industrie, ont déclaré la guerre à la société.

Non, la ruine de l'Etat n'était pas imminente. Le gouvernement qui, depuis 17 ans, n'avait vécu que de dilatoires et de concessions, n'en avait pas encore épuisé la mesure. Il crut, sans croire à son droit, en avoir le courage, et accepta la question révolutionnaire qu'il pouvait proroger de dix ans. — Dix ans n'avaient rien d'impossible, les innombrables intérêts attachés à son existence, trouvaient un immense appui dans leur diffusion européenne. — La paix du continent était à peu près à l'état de nécessité. — La crise industrielle et commerciale pouvait se tourner, et à la manière dont les choses étaient lancées, on pouvait attendre du crédit toute la dilatation dont il ne serait pas, mais dont il se croirait capable, d'autant qu'il n'y avait pas à retourner en arrière ; — dix ans, donc, étaient possibles. Mais alors, la France qui *pense* et qui *veut*, eût été savante, économiste, financière, artiste, romancière, et la France qui *agit* et qui *peut*, eût été prolétaire. Et si aujourd'hui, battus en fait et en droit, ils n'aspirent pas à moins que ce que vous savez, et par les moyens que vous savez, je vous prie de conclure ce qu'ils vous auraient proposés vainqueurs !

Ils sont battus, ou mieux, châtiés, mais ils ne sont ni convaincus ni faciles à convaincre. Ils ont bien, tout au contraire, l'espoir d'avoir, un jour ou l'autre, pour eux, le suffrage universel. — Ils l'obtiendraient que leurs doctrines n'en seraient ni plus justes ni plus applicables, mais ils feraient l'essai, c'est-à-dire, que leur république viendrait expirer au milieu des horreurs et des convulsions de l'anarchie.

Vous ne voulez pas qu'il en soit ainsi?

Eh bien! donc, s'il est une vérité d'où dépend le sort et l'avenir de tous et de chacun; c'est que les citoyens du sol, les hommes d'ordre, et de cœur, et de vertu, doivent épancher à flots toute leur influence pour que le suffrage universel se montre à toute occasion, dans toute la splendeur de l'universalité. Et si, par un bonheur que l'on n'ose espérer, le reproche public, la honte de l'abstention, le stygmate du mauvais citoyen venait à atteindre celui qui s'en éloigne; oh! sans aucun doute, alors, l'avenir serait à nous!

IV.

Son Initiative.

Nous voulons la République, non pas celle des illusions qui la feraient mourir, mais celle de la nécessité qui la fera vivre.—Nous la voulons démocratique et il ne nous en coûte rien, car, monarchique, elle implique; aristocratique, elle n'en peut la condition;

et si le principe de la démocratie n'est pas dans le suffrage universel et direct, où le trouvera-t-on, je vous prie?

Nous la voulons sociale; socialiste, non. — Sociale, parce qu'expression exacte et sincère de la société, elle vivra, et que socialiste, elle exprimerait des doctrines qui n'ont de place que dans une bibliothèque.

Nous prenons le suffrage universel comme un fait acquis et nécessaire, croyant fermement qu'il peut s'approprier aux besoins d'un grand peuple, chez lequel désormais le pouvoir flotte à l'aventure. Les premiers pas de la souveraineté populaire au milieu des énormes difficultés du temps, accusent cette logique providentielle qui, chargée d'avenir, passe librement à travers les hommes. Que dire, enfin, à qui ne croira pas qu'il y ait quelque chose à faire de cette puissante machine dont, après tout, la base est l'intelligence et la Liberté!

Mais si nous croyons à cet organe suprême de la souveraineté, c'est à la condition essentielle de sa vérité. — Non pas, à Dieu ne plaise! que nous cherchions l'absolu, dans le vote simultané de 10 millions de citoyens convoqués à lieux et jour fixes sur la vaste étendue du territoire.—L'absolu, nous ne l'aurons pas — le faux, nous l'aurions peut-être, — nous en savons qui l'espèrent; — mais le faux ne perdrait pas le principe, parce que le principe est inamissible; je vous en ai dit les raisons.

Vous aurez, nous le croyons, l'universalité des citoyens. Vous l'auriez eue plus aisément à la commune, vous l'aurez peu moins certainement au canton dont, par un anachronisme un peu timide, vous avez préféré le clocher. — Mais vous vous convaincrez que le tout est de s'approprier à la France telle qu'elle est, et non telle qu'on la veut, ou qu'on la suppose.

Vous aurez donc l'universalité, c'est beaucoup. Mais aurez-vous la vérité dans la majorité?

La Restauration, comme on sait, nous apporta d'Angleterre le système constitutionnel qui, pendant plus de 30 ans, a fonctionné parmi nous inséparablement, d'un grand avantage et d'un grand inconvénient. — L'avantage a été de façonner la nation à prendre sa loi dans les majorités ; — l'inconvénient, de torturer l'élément électoral pour en obtenir la majorité qu'il devait librement produire.

Que la majorité ait bien ou mal tenu le sceptre de la loi, c'est ce qui n'importe, toujours est-il qu'elle le tenait sans conteste. Et la question n'étant plus en droit, aujourd'hui, mais en fait, il ne s'est plus agi que d'obtenir une majorité irréprochable ; le suffrage universel n'est pas venu à autre fin.

Si, maintenant, vous daignez croire qu'une pareille majorité soit pourvue à la dernière intensité, des éléments du *droit*, de l'intelligence et de la force, me permettrez-vous de vous demander en passant, à quoi vous servîrait un roi de plus, à moins d'en faire, comme en Angleterre, le mari de la République? Mais prorogerez-vous vos mœurs constitutionnelles?

Quelles elles furent! il y aurait pudeur et confusion à le rappeler, s'il n'y avait espoir et consolation à constater qu'elles ne sont plus possibles.

Vous ne verrez plus, vous ne pourrez plus voir la corruption descendre systématiquement du trône pour se mêler universellement à l'organisme politique. — Très heureusement, le suffrage universel ne saurait s'acheter, il se demande encore, c'est déjà trop; mais ces vieilles allures du constitutionalisme se perdront avec le temps et la réflexion.

Quand ce fut une question gouvernementale de vie ou de mort, d'avoir la majorité parlementaire, on achetait tout, jusqu'à la paix par la dignité. — A l'approche des élections, une immense activité se déclarait dans l'étroite sphère du monopole électoral; — la France pouvait entendre à la frontière de son exclusion, le honteux bourdonnement de l'intrigue, tristement parvenue à l'état normal. L'honneur, il faut le dire, était tout dans l'opposition qui, du moins, n'achetait rien pour se défendre.

Dans cet âpre concours organisé sous l'influence d'une seule idée, qui est que : n'obtient rien qui ne demande, l'initiative de l'élection était tout au rebours de ce qu'elle devait être ;—l'électorat, obsédé de promesses, de menaces, de caresses, de candidatures mendiées, de circulaires significatives, d'apologies de soi-même, n'avait plus qu'à se vendre argent comptant, et déjà..... ô noble France !

N'est-il pas assez clair que l'initiative n'était pas à sa place ? — Je ne me paie de l'exemple ni de l'Angleterre, ni des peuples anciens ou modernes, où le suffrage se vend ou s'est vendu, parce que je ne crois pas que la dégradation du caractère politique soit dans l'intérêt des hommes, ni dans la nature des choses, et n'eussions-nous gagné à la révolution de février que de retremper le caractère français dans nos misères, nous n'aurions pas payé trop cher l'ajournement de celle-là.

Et puis, voyez ce qu'ont gagné deux dynasties à cette usurpation d'initiative, et concluez!

Très heureusement, disons-nous, le suffrage universel n'est pas de ceux que la corruption peut atteindre. — On n'ébranlera point la froide impassibilité de ces masses électorales, si même on est assez heureux, pour les initier au noble sentiment de leur souveraineté.

Ces listes de candidats, élaborées loin du peuple, ne lui laissent, il le sait bien, que la satisfaction d'un devoir et d'un droit remplis à l'aventure; il ne se plierait pas longtemps à la mystification de sa souveraineté, et ne se prêterait pas toujours à la feindre. — La vérité! la vérité! c'est la vivification du suffrage universel.

Or, la vérité n'en sortira qu'au sein de sa propre initiative ; mais comment l'obtenir?

Elle se produirait bien plus aisément en présence de partis fortement accentués; et, en vérité, on ne doit pas regretter de ne pouvoir donner ce nom à ces aggrégations d'intérêts déçus ou souffrants, de doctrines hasardées, d'espérances, de regrets, dont l'embarras et l'impuissance, viennent fatalement expirer dans la communion du suffrage de tout le monde.

Ce qu'il y a d'évidemment certain, c'est que tous les grands intérêts qui conseillent au peuple l'universalité de son suffrage, lui en conseillent aussi l'initiative.

Absolue, elle serait une chimère, quant à présent, du moins; mais surexcitée par l'influence naturelle et légitime des bons citoyens, rien ne peut être ni plus facile ni plus efficace; j'ajouterai même, que rien ne pourrait plus prochainement former des mœurs véritablement démocratiques.

Me permettrez-vous d'indiquer un moyen d'élaboration spontanée de la candidature?

Est-ce, par exemple, que le salut et l'intérêt de l'ordre, de la famille, de la propriété, toujours engagés dans l'élection, ne grouperaient pas assez de citoyens au chef-lieu de la commune, pour que celui d'entre eux qu'ils honoreraient de leur choix, se rendît au chef-lieu départemental, pour concerter avec pareils délégués des autres communes, la candidature réelle et définitive?

Ce moyen n'est qu'indicatif, sans doute, et non sans objections, il y en a toujours, mais il peut susciter une meilleure idée. — Dans tous les cas, il se place dans l'esprit et dans les voies expérimentées des comités électoraux préparatoires.

Qu'importe, au reste, le moyen, pour peu que la vérité du suffrage universel sorte de sa source, qui est certainement son initiative.

IX.

ASPECT DE LA SOCIÉTÉ.

Me permettrez-vous de vous dire, pour aller plus vite, que l'aurore de la République est dans le crépuscule de la monarchie?

I.

Les mœurs.

La société avait dévié de son orbite; une commotion intime et spontanée l'y ramenait soudainement;

ses organes tendus outre mesure et relâchés brusque-
ment, ne pouvaient reprendre aussitôt leur élasticité
naturelle; c'était un fleuve qui rentré dans son lit,
roulait encore des eaux limoneuses. La perturbation
était inévitable, profonde et douloureuse; elle dure
encore.

Si une société qui souffre avait le temps d'être juste
et réfléchie, elle se rapprocherait du but dont elle
s'éloigne par la précipitation. — La République! la
République! dit-on de tous côtés : est-ce que nous
avons les vertus de la République? puis, d'invoquer
le triple principe de la classification gouvernementale de Montesquieu ; rien de plus, rien de moins; la
vertu, l'honneur et la crainte; hors de là, point de
gouvernement! — Il faudrait pourtant en finir de ce
thème suranné, dont le moindre défaut est de donner
pour des principes ce qui n'est, tout au plus, que des
moyens très relatifs, et quels moyens! — Nous succé-
dons à la monarchie : jugez par l'honneur que nous
trouvons dans son héritage, de l'utilité qu'elle en a retiré pendant sa vie!

Quant aux vertus, nous n'avons ni le droit ni la
prétention de lui en demander la transmission, car si
elles n'étaient pas son principe, elles n'étaient pas
non plus son moyen.

Resterait donc, la crainte; mais c'est nous qui faisons peur aux autres. — Vous verrez qu'émancipés
de la doctrine, nous allons nous trouver être un nouveau type de gouvernement; et pourquoi non?

On a vu jusqu'à présent les masses sociales se plier à toutes les formes, avec une flexibilité qu'aisément l'on a prise pour une loi d'organisation. — Une individualité puissante avec ou sans l'assistance obligatoire de plusieurs autres s'impose à la masse obéissante; ou bien encore, plusieurs existences privilégiées avec ou sans l'assistance d'un pouvoir supérieur, plus ou moins nominal, dirigent l'obéissance de la masse. — Voilà la double et complète histoire des formes monarchique et aristocratique; — mais il se trouve à certain temps que d'aveugle et passive, cette masse est parvenue sans miracle, non pas seulement à la clairvoyance de son intérêt et à l'intelligence de l'organisation, mais au sentiment de sa toute-puissance, c'est-à-dire, à la souveraineté; — N'est-il pas clair qu'une nouvelle forme de gouvernement renfermée dans l'imprévu, si l'on veut, mais au moins dans le possible de la mobilité sociale, se révèle; et ne serait-il pas infiniment sage et rationel que les existences sociales aux mains desquelles le pouvoir expire éparpillé, le quittâssent avant qu'il ne les quitte. — Qui douterait, la chose ainsi, que le char ne marchât?

Il marchera pourtant. — L'ancien parti légitimiste dont la décomposition serait, au besoin, accusée par son fractionnement est, au fond, la seule conquête véritablement désirable au principe populaire. Ce parti est dépositaire d'une part considérable de la propriété, des lumières, de la moralité, et dès lors, de l'influence. Il ne fait pas mystère de ses vues immédiates; mais

ce qui est plus certain, c'est qu'il n'avoue et ne pro-
tége aujourd'hui son principe, que par l'unité dont il
a le caractère éminent. — De toute autre condition
privilégiée, il ne peut être question. Le parti légitimiste le sent bien, et voilà pourquoi il jouit d'une
sécurité qui l'étonne peut-être, en temps de République. Au reste, c'est le moins qu'on lui doive, libre
et soumis comme les autres.

Et en vérité, il devrait y avoir, au moins, de l'é-
tonnement pour tout le monde, à voir cette République, fille d'une révolution, comme ses devancières, se
singulariser par sa mansuétude. Qui jamais eût pensé
que la tradition des réactions se fût si bien perdue depuis la République!

Toutefois le char est embourbé, et comme après
tout, il porte la fortune de la France, je ne reconnais
pas le caractère français à la froide impassibilité dans
laquelle on attend qu'il se dégage. — Il serait plus
digne des partis qui se disent et que nous croyons
Français, de se montrer utiles avant de se proclamer
nécessaires. Mais encore sera-t-il que l'empire des
idées d'ordre, dont le suffrage universel est aujour-
d'hui le seul refuge; — la nécessité que les affaires
aillent, comme dit Montesquieu, ramèneront malgré
qu'ils en aient, les partis au centre commun, cela
paraît infaillible.

Plus embarrassants, et plus encore, embarrassés,
sont ceux qui, voulant combattre contre tout, même
contre leur principe, trouvent partout des résistances

quand il leur faudrait des ennemis. — Ce n'est pas rien, qu'ils y prennent garde, que des préjugés tels que l'ordre et la paix; — les lois et la propriété; — la raison commune et les habitudes, pour ne pas dire les mœurs.

Que les uns et les autres daignent donc y regarder et qu'ils nous permettent de leur répéter ici, que les perturbations de cette société sont superficielles, et qu'au fond rien n'est plus qu'elle profondément homogène.

On ne serait pas juste, en effet, à méconnaître qu'au milieu des griefs imputables au régime tombé, se montre un résultat inestimable.— La société française est, pour lui, tombée en immense communication d'intérêts et d'idées; — la diffusion de sociabilité qui s'y est produite est inexprimable; il est superflu d'en indiquer ici les causes; mais les effets en sont aussi précieux que palpables; le premier de tous est une puissance d'unité sans exemple et sans pareille, (vous en avez vu les merveilles.) — puis sous son ombre tutélaire, une habitude de réciprocité qui n'a su mieux répondre aux bons conseils de la civilisation que par l'explosion de fraternité de ces derniers temps.

Voilà les faits, les faits essentiels, exacts, fondamentaux, significatifs, je le pense, sous l'influence desquels se place l'établissement républicain.

Quelles mœurs en attendez-vous?

Nous avons une trop juste idée de la suffisance intellectuelle de la Montagne de 1848, pour supposer un moment qu'elle emprunte à celle de 1793, pour nous les proposer, les mœurs romaines dont il y a un demi-siècle, 25 déjà protégeaient la cendre. — Pas plus des mœurs que des vertus de ces dominateurs à nous qui ne voulons dominer que nous-mêmes. — A nous qui voulons discréditer la gloire qui tue les hommes, et glorifier la paix qui les conserve; qui voulons que les sympathies de l'égalité s'ouvrent à toutes les souffrances de la patrie; — qui la voulons riche pour secourir, forte pour protéger, puissante pour être libre et juste pour prospérer.

Ce sont des mœurs douces qui se préparent, parce que c'est une République honnête et modérée qui se fonde.

En bien! non. Nous ne ferons pas de la République avec des vertus; mais nous ferons mieux que cela, peut-être; nous ferons des vertus avec la République, et nous aurons pour commencer un principe qui vaut mieux qu'une vertu : c'est cette égalité politique qui embrasse la société tout entière. D'un homme à l'autre, l'intervalle à franchir est moins large qu'on ne pense; le sentiment de la liberté nivelle sans effort l'humble et le superbe. La fraternité fera le reste, car dès 1847, elle avait acquis le droit de se nommer en 1848, et si elle ne suffit pas encore, la religion viendra à son aide.

Certes, nous ne cherchons pas les illusions, mais quand, à consulter sévèrement les faits, nous voyons dans cette société, tout tendre à la Fraternité; quand nous voyons cette vertu, conseil sublime de la civilisation, se rencontrer sur le même terrain que la religion;—quand nous avons vu dans les journées mêmes de l'exaltation révolutionnaire, le sentiment religieux se produire avec la plus bienséante énergie, nous croyons constater un fait digne de toute l'attention des hommes sérieux. — Laissons, laissons la Liberté et la Religion fraterniser ensemble! Aussi bien, c'est la fille et la mère!

Oh! si nous abordons, comme je le crois et l'espère, la terre définitive de la Liberté, ne nous étonnons pas de l'y voir soucieuse, de se régler pour vivre! Et si ce n'est à la Religion, — à qui demanmandera-t-elle une règle qui ne soit pas une chaîne!

II.

Les Lois.

Mais si, sous la forme nouvelle que l'ordre progressif des idées et la conquête du droit initial impriment à cette société, les mœurs sont nécessairement douces, les lois devront être nécessairement fortes.

Observons, d'abord, que la société nous est transmise dans des conditions de civilisation complexe dont les bases sont hors de l'atteinte de toute révolution qui veut vivre. — Améliorer, modifier, réformer, le champ est vaste; mais toucher à l'organisme d'une société qui n'avait plus qu'à compléter et perpétuer sa liberté, ce serait appeler les tempêtes et répudier l'avenir.

Les lois dont il faut se préoccuper ici sont purement politiques et en dehors de tous les intérêts civils, car nous ne révolutionnons pas la société, — il n'y a en France qu'un principe de plus. Ce n'est pas rien, je vous l'assure.

C'est ce principe qu'il faut protéger énergiquement. — Ce sont les organes de cette société fonctionnant à la voix et pour la vivification de son principe dont il faut protéger la liberté d'action.

Nous travaillons en sous-œuvre, nous donnons une base nouvelle à un édifice énorme, saurions-nous trop la fortifier.

Longtemps nous avons assisté aux labeurs et à l'impuissance du législateur; sous un gouvernement sans principe, il n'y avait de possible qu'une législation d'expédients; aussi, — l'appauvrissement moral de la société s'épanchait-il incessamment du scepticisme de la loi. — Ne faisons pas des lois qui acquittent la moitié des coupables et corrompent la moitié des juges.

Nous n'avons qu'un principe de plus, disons-nous, mais s'il est vrai, qu'il soit l'idole de la loi, et il nous rendra en moralité ce que nous lui donnerons en respect.

X.

CONCLUSION.

Toutes les questions de légitimité se prescrivent et se perdent dans la mobilité essentielle à la forme sociale; il n'y a que les questions de nécessité qui ne se perdent pas et se résolvent aisément.

La souveraineté du peuple est de ces dernières. Comme les grandes applications sociales de la science, et plus qu'elles, elle paraît désormais inamissible.

Elle peut s'exercer longtemps encore à résoudre la question du pouvoir. Quadriennal, décennal, à vie, héréditaire, peut-être qui sait? Tout est possible, mais, à moins que le principe populaire ne soit une illusion, le possible n'irait qu'à un infaillible révolution, si le pouvoir oubliait le principe.

FIN.

3 décembre 1848.

CADRE.